VENTE DU MERCREDI 8 DÉCEMBRE 1886

HOTEL DROUOT, SALLE N° **5**

TABLEAUX

MODERNES

Aquarelles et Dessins

EXPOSITION PUBLIQUE

Le Mardi 7 Décembre 1886

DE 1 HEURE A 5 HEURES

COMMISSAIRE-PRISEUR
Me LÉON TUAL
56, rue de la Victoire, 56

EXPERT
M. B. LASQUIN
12, rue Laffitte, 12

HOMO ADDITUS NATURÆ
IMPRIMERIE DE L'ART

CATALOGUE

DE

TABLEAUX MODERNES

AQUARELLES ET DESSINS

PAR

Arus, Astruc, Ballavoine, Baron, Bonvin
J. L. Brown, Boudin, Chaigneau, K. Daubigny, Decamps
Diaqué, Falero, Fichel, Gassies, Hildebrandt
J. Hereau, Ch. Jacque, Jacquet, Jongkind, Jundt
Kreyder, E. Lami, V. Leclaire
Mathon, Palizzi, de Penne, Pils, Plassan
Polack, Priou, Th. et Ph. Rousseau, Tony de Bergue, etc., etc.

DONT LA VENTE AURA LIEU

HOTEL DROUOT, SALLE Nº 5

Le Mercredi 8 Décembre 1886

A 2 HEURES

Mᵉ LÉON TUAL	**M. B. LASQUIN**
COMMISSAIRE-PRISEUR	EXPERT
56, rue de la Victoire, 56	12, rue Laffitte, 12

EXPOSITION PUBLIQUE : Le Mardi 7 Décembre 1886

DE 1 HEURE A 5 HEURES

CONDITIONS DE LA VENTE

Elle sera faite au comptant.

Les acquéreurs payeront en sus des enchères *cinq pour cent*, applicables aux frais.

Paris. — Imp. de l'Art. E. Ménard et J. Augry
41, rue de la Victoire, 41

DÉSIGNATION

TABLEAUX

ATALAYA (E.)

1 — *Chevaux dans une maréchalerie.*

ARUS

2 — *Engagement à l'entrée d'un village.*

BACHEREAU (V.)

3 — *Intérieur de parc.*

4 — *Le Café-concert.*

5 — *Portrait de femme.*

6 — *La Fontaine Wallace.*

BALLAVOINE (J.)

7 — *Tête d'étude.*

BARON (H.)

8 — *La Leçon de flûte.*

BIN (E.)

9 — *Bacchante couchée.*

BONNEMAISON

10 — *Marine.*

BONVIN

11 — *Portrait d'Infante.*

Genre Velazquez.

BOUDIN

12 — *Le Quai de Camaret; pêcheurs attendant la marée.*

BOUQUET

13 — *Fruits.*

14 — *Fleurs.*

CALVERT

15 — *Après la tempête.*

16 — *Printemps.*

CASTAN

17 — *Sous bois.*

CAUCHOIS

18 — *Légumes et fromage de Brie.*

CHAIGNEAU (F.)

19 — *Troupeau de moutons près d'une ferme.*

20 — *Roches près d'un bouquet d'arbres; Barbizon.*

21 — *Forêt de Fontainebleau.*

COCK (César de)

22 — *Paysage.*

COFFETIER

23 — *Berger et son troupeau.*

COURTIN

24 — *Sous bois.*

DAUBIGNY (Karl)

25 — *Bords de l'Oise.*

DESAIX

26 — *Marine.*

DIAQUÉ

27 — *Bateau de fleurs.*

DUMOULIN (L.)

28 — *Marine.*

FALERO

29 — *Le Départ pour le sabbat.*

FICHEL

30 — *La Partie de cartes.*

FLEURY

31 — *Femme couchée.*

GARNIER

32 — *Le Violoniste.*

33 — *Un Soldat.*

GOUPIL (Léon)

34 — *Tête de jeune femme.*

GUAY

35 — *Chaumières à Uriage.*

GUILLEMET

36 — *Paysage.*

HÉREAU (Jules)

37 — *La Ferme.*

J. L.

38 — *Sous bois.*

JONGKIND

39 — *La Merweede; Dordrecht (Hollande).*

JUNDT

40 — *Promeneuse sur la plage.*

KREYDER

41 — *Bouquet de roses dans un cornet en porcelaine du Japon.*

42 — *Branche de lilas dans une carafe de verre gravé.*

KNYFF

43 — *Vache blanche couchée dans une prairie.*

LIGNIER (James)

44 — *Un Loup de mer.*

LORIN

45 — *Paysage des Ardennes.*

MATHON

46 — *Une Ferme.*

MICHEL

47 — *Paysage.*

PLASSAN

48 — *Le Lever.*

POLACK (E. Ferdinand)

49 — *L'Astucieuse.*

50 — *Carmen.*

PRIOU

51 — *Gentilhomme Henri III.*

52 — *L'Hiver.*

RAGOT (J.)

53 — *Ménagère plumant un canard.*

54 — *Fleurs.*

REYROLS

55 — *Bords de rivière.*

ROSSAERT

56 — *Paysage.*

SABINE

57 — *Marine.*

TONY DE BERGUE

58 — *Marine; vue des côtes du Portugal.*

59 — *Les Maraîchers portugais*

TOUDOUZE (S.)

60 — *Paysage.*

VUAGUAT

61 — *Vaches.*

WINCKER

62 — *Paysage.*

ÉCOLE MODERNE

63 — *Entrée de village.*

ÉCOLE MODERNE

64 — *Vue de Venise.*

AQUARELLES ET DESSINS

ASTRUC (Z.)

65 — *Fleurs.*

Aquarelle.

BROWN (J. L.)

66 — *Cavalier en vedette.*

Aquarelle.

CALVERT

67 — *Paysage.*

Aquarelle.

DECAMPS

68 — *Un Garde du sérail.*

Dessin aux trois crayons; au revers l'indication suivante : *Offert en souvenir à M. J. Janin, par Decamps, 1853.*

DIDIER (Jules)

69 — *Défense d'une redoute; siège de Paris.*

Aquarelle.

DJINA

70 — *Borgia s'amuse.*

Peinture sur porcelaine.

DUMOULIN (L.)

71 — *Fleurs.*

Aquarelle.

GASSIES

72 — *Soleil couchant; plaine de Chailly.*

Aquarelle.

73 — *Falaise normande; Salon de 1886.*

Aquarelle.

GASSIES

74 — *Cour de ferme à Chailly.*

Aquarelle.

75 — *Chevreuil aux écoutes.*

Aquarelle.

GIRAUD (Eug.)

76 — *Femme fellah et son enfant.*

Aquarelle.

HILDEBRANDT

77 — *L'Ile de Madère.*

Aquarelle.

ISABEY (E.)

78 — *Bateau de pêche, au Tréport.*

Aquarelle d'un vigoureux coloris.

JACQUE (Ch.)

79 — *Bords de rivière.*

Dessin.

JACQUET

80 — *Dame touchant du piano.*

Dessin au crayon.

LAMI (Eugène)

81 — *Un Baigneur.*

Dessin au crayon.

82 — *Paysage; effet du soir.*

Dessin.

LECLAIRE (V.)

83 — *Bouquet de fleurs dans un vase de cristal.*

Aquarelle.

PALIZZI

84 — *Chèvres dans une prairie.*

Aquarelle.

PENNE (de)

85 — *Le Chenil.*

Aquarelle.

PILS

86 — *Étude de deux têtes de dromadaires.*

Aquarelle.

ROUSSEAU (Théodore)

87 — *Pâturages.*

Dessin.

ROUSSEAU (Ph.)

88 — *Chaumières normandes.*

Dessin très important.

SAINT-FRANÇOIS

89 — *Halte dans une oasis.*

Dessin.

TRACHET

90 — *Venise : la Dogana et l'église de la Salute.*

Aquarelle.

91 — *Vue d'un golfe de Sicile.*

Aquarelle.

WYLD

92 — *Plage de Normandie.*

Aquarelle.

ÉCOLE MODERNE

93 — *Paysage.*

Aquarelle.

ÉCOLE FRANÇAISE

94 — *Deux dessins : tête de jeune fille et femme debout.*

www.ingramcontent.com/pod-product-compliance
Lightning Source LLC
LaVergne TN
LVHW050230180726
843501LV00013BA/3731

* 9 7 8 2 3 2 9 3 5 1 0 1 8 *